LES PETITS LIVRES

DU

PÈRE LAMI.

PARIS. — IMPRIMERIE DE FAIN ET THUNOT,
IMPRIMEURS DE L'UNIVERSITÉ ROYALE DE FRANCE,
Rue Racine, 28, près de l'Odéon.

LES PETITS LIVRES

DU

PÈRE LAMI.

PAR LAURENT DE JUSSIEU.

IIIᵉ LIVRE.

ÉLÉMENTS DE GÉOGRAPHIE.

A PARIS,

CHEZ LOUIS COLAS, LIBRAIRE

DE LA SOCIÉTÉ POUR L'INSTRUCTION ÉLÉMENTAIRE,

Rue Dauphine, Nᵒ 32.

LES PETITS LIVRES

DU

PÈRE LAMI.

TROISIÈME LIVRE.

ÉLÉMENTS DE GÉOGRAPHIE.

Mes petits amis, faites-moi le plaisir de jeter les yeux sur les cartes qui sont à la fin de ce livre. Vous n'y comprenez rien, n'est-ce pas? Ce ne sont point des images; cela ne vous représente rien que vous connaissiez. Eh bien! voulez-vous savoir ce que c'est? je vais vous l'expliquer.

1.

Ces petites cartes sont des cartes de géographie. Vous me demanderez, à présent, ce que c'est que la *Géographie :* je veux aussi vous l'expliquer avant tout.

La *Géographie* est la *description de la terre.* Vous savez bien que vous êtes sur la terre, que vous êtes en France; mais vous ne savez pas quelles choses sont la France et la terre. Or, c'est là ce que la Géographie vous apprendra. Vous verrez que la France est un grand pays, mais qu'il y a bien d'autres pays que celui-là. Je vous les ferai connaître, et vous montrerai où ils se trouvent. Ne serez-vous pas charmés de savoir tout cela? Si vous le voulez, nous allons commencer.

LE GLOBE TERRESTRE.

Je vous ai déjà dit que la terre est ronde ; c'est pour cette raison qu'on lui donne aussi le nom de *Globe terrestre*. Ce globe est une masse énorme qui a neuf mille lieues de tour. Il tourne continuellement sur lui-même, et il lui faut vingt-quatre heures pour faire un tour entier. Tandis qu'une moitié est éclairée par le soleil, l'autre est dans l'ombre, et c'est là ce qui produit le jour et la nuit.

Une partie du globe terrestre est recouverte d'eau. Il présente même une bien plus grande étendue d'eau que de terre. La terre est habitée par des hommes et par de nombreuses espèces d'animaux. Les eaux sont peuplées d'une quantité prodigieuse d'habitants qui sont des poissons, et qui ne pourraient vivre sur la terre. On a donné aux parties sèches et à ces différentes eaux des noms divers que je vais vous apprendre. Ce sont des mots dont on se sert tous les jours, et il faut les comprendre, si l'on ne veut pas passer pour un ignorant. Tâchez de les bien retenir.

———

TERMES DE GÉOGRAPHIE.

Les mots les plus nécessaires et les plus usités dans la géographie, sont ceux-ci :

Continent, *contrée*, *mer*, *golfe* ou *baie*, *détroit*, *île*, *presqu'île*, *isthme*, *cap*, *lac*, *chaîne de montagnes*, *volcan*, *fleuve*, *rivière*.

Voici ce qu'ils signifient :

On entend par *continent*, une grande étendue de terre que l'on peut parcourir tout entière, sans être obligé de passer la mer.

On entend par *contrée*, une étendue plus ou moins grande de pays occupée par une même nation. Ainsi la France est une contrée, et l'Angleterre aussi.

La *mer*, ou *une mer*, est un grand amas d'eau salée, où viennent se jeter les fleuves.

On appelle *golfes* ou *baies* des parties de la mer qui s'avancent dans les terres.

Un *détroit* est une partie de la mer resserrée entre deux terres très-rapprochées l'une de l'autre.

Une *île* est un espace de terre entouré d'eau de tous côtés.

S'il touche par un côté au continent, il prend le nom de *presqu'île*, c'est-à-dire *presque une île*.

L'*isthme* est la partie de terre resserrée qui joint une presqu'île au continent.

On entend par *cap* une pointe de terre qui s'avance dans la mer.

On donne le nom de *lac* à un amas d'eau douce au milieu des terres.

Une *chaîne de montagnes* est la réunion de plusieurs montagnes, qui se tiennent toutes et qui se prolongent à une grande distance.

Un *volcan* est une montagne dans le sein de laquelle il y a un gouffre qui jette des flammes.

Un *fleuve* est une rivière qui va se jeter dans la mer.

Je n'ai pas besoin de vous dire ce que c'est qu'une *rivière*.

Lorsqu'une rivière est très-petite, étroite et peu profonde, elle prend le nom de *ruisseau*. S'il roule ses eaux avec une grande rapidité, c'est un *torrent*.

L'endroit où une rivière ou un

fleuve sortent de terre, s'appelle leur *source*; l'on nomme *embouchure* le lieu où le fleuve se jette dans la mer, et *confluent* celui où une rivière se jette dans un fleuve.

Vous trouverez des exemples de toutes ces choses dans la première carte.

Avec cela, mes amis, nous commencerons à pouvoir bien nous entendre. Cependant, il faut encore que je vous dise ce qu'on entend par les quatre points cardinaux, et puis je vous ferai connaître la division de la terre.

LES POINTS CARDINAUX.

Vous avez souvent entendu parler du *Nord*, du *Sud*, de l'*Orient*, de l'*Occident*, n'est-il pas vrai? mais je gagerais que personne n'a songé à vous dire ce que c'est que tout cela. Eh bien! je veux que vous le sachiez, moi. Ce sont justement là les quatre points cardinaux. Écoutez :

L'*Orient* est le côté où le soleil se lève. On l'appelle aussi *Est* ou *Levant*.

L'*Occident* est tout le contraire, c'est le point où le soleil se couche. On lui donne également les noms d'*Ouest* et de *Couchant*.

Maintenant placez-vous de manière à avoir l'Orient à votre droite et l'Occident à votre gauche ; alors vous aurez le *Nord* juste devant vous, et le *Sud* ou *Midi* juste derrière vous, à l'opposé du Nord. Vous voyez que ce n'est pas une chose bien difficile que de connaître les quatre points cardinaux. Si vous m'en croyez, vous vous amuserez à vous placer de temps en temps comme je viens de vous le dire ; c'est ce qu'on appelle *s'orienter*.

Nous voilà déjà savants ; marchons maintenant en avant.

———

LES QUATRE PARTIES DU MONDE.

Si vous voulez savoir ce que sont les quatre parties du monde, mes petits amis, regardez la seconde carte, qui précède ce chapitre. N'allez pas la prendre pour une paire de lunettes, quoiqu'elle en ait un peu l'air. Vous saurez que chacun des ronds de cette carte représente une des moitiés du globe terrestre. Il faut vous figurer qu'ils sont bombés au lieu d'être plats, comme si c'étaient les deux moitiés d'une boule que l'on eût coupée par le milieu. On donne à chacune de ces moitiés le nom d'*Hémisphère*, et cette carte s'appelle une *Mappemonde*. Placez-la de manière que l'Orient soit à votre droite et l'Occident à votre gauche, le Nord en haut et le Sud en bas.

Vous voyez devant vous les quatre parties du monde, qui sont l'*Europe*, l'*Asie* l'*Afrique* dans un des hémisphères, et l'*Amérique* dans l'autre.

Tout le reste de la terre est recouvert par la mer, du sein de laquelle s'élèvent des îles qui dépendent de l'une ou de l'autre des quatre parties du monde.

Examinons d'abord l'Europe, qui est celle à laquelle nous appartenons.

L'EUROPE.

L'Europe est de beaucoup la plus petite des quatre parties du monde; mais elle est la plus peuplée relativement à son étendue. Les nations qui l'habitent sont aussi les plus instruites, les plus éclairées et les mieux policées de toute la terre.

L'Europe est divisée en seize contrées, qui sont habitées par des nations différentes, dont chacune a ses lois particulières, son gouvernement, sa religion et ses mœurs. La ville dans laquelle réside le gouvernement d'un État, s'appelle la *capitale;* c'est ainsi que Paris est la capitale de la France.

Il y a ensuite beaucoup d'autres villes, des villages, des hameaux, tous soumis à l'obéissance du même pouvoir. Prenez la troisième carte qui représente l'Europe, et vous y compterez les seize contrées l'une après l'autre. Commençons par le Nord.

1° La Suède, dont la capitale est *Stockholm.*

2° La Russie, dont la capitale est *Pétersbourg.* — L'empire de Russie est le plus vaste État du monde.

3° Le Danemarck, dont la capitale est bâtie dans une île et s'appelle *Copenhague.*

4° La Grande-Bretagne ou l'Angleterre, qui comprend deux îles. *Londres* en est la capitale. — Cette grande ville est bâtie sur un fleuve qui porte le nom de *Tamise.*

5° Les Pays-Bas, dont les villes principales sont *Bruxelles, Amsterdam* et *La Haye.*

6° La France, notre pays, dont la magnifique capitale, *Paris*, est bâtie sur le fleuve qu'on nomme la *Seine*.

7° L'Allemagne, qui comprend plusieurs États. Ses villes principales sont : *Vienne*, capitale de l'empire d'Autriche, bâtie sur un grand fleuve nommé *Danube*; *Berlin*, capitale des États du roi de Prusse; *Dresde*, capitale du royaume de Saxe; *Munich*, capitale du royaume de Bavière.

8° La Prusse royale, dont la capitale était autrefois *Kœnigsberg*. Depuis que les possessions du roi de Prusse s'étendent en Allemagne, le siége du gouvernement est à *Berlin*.

9° La Pologne, capitale *Varsovie*, ville bâtie sur un fleuve qui porte le nom de *Vistule*.

10° La Bohême; ville principale *Prague*.

11° La Hongrie, ville principale *Presbourg*.

12° La Suisse, république dont la ville principale est *Berne*.

13° L'Italie, dont les villes principales sont : *Turin*, capitale du royaume de Piémont ; *Milan* et *Venise*, capitales du royaume

Lombardo-Vénitien ; *Florence*, capitale de la Toscane ; *Rome*, capitale de l'Etat ecclésiastique et résidence du Pape ; *Naples*, capitale du royaume de Naples.

14° La Turquie, capitale *Constantinople.*

15° L'Espagne, dont la capitale est *Madrid*.

16° Le Portugal, dont la capitale est *Lisbonne*, située à l'embouchure du *Tage*.

L'Europe est baignée par plusieurs mers qui portent différents noms. Celle qui est au Nord s'appelle *Mer Glaciale* ; on lui a donné ce nom parce qu'il y fait si froid qu'elle est couverte de glaces épaisses, en sorte que les vaisseaux ne peuvent y naviguer.

A l'Ouest, s'étend la mer immense qu'on appelle *Océan*.

Au Sud, la *Mer Méditerranée*,

qui se réunit à l'*Océan* par le détroit de Gibraltar.

A l'Est de la Turquie, la *Mer Noire*, qui communique avec la Méditerranée.

Enfin entre la Suède, le Danemarck, la Prusse et la Russie, vous voyez la *Mer Baltique*, qui communique avec l'Océan par un détroit qu'on appelle le *Sund*.

Je viens de vous montrer, mes bons amis, le tableau général que présente cette partie du monde, appelée Europe. Tâchez de le bien étudier et de le graver dans votre esprit, afin que, lorsque vous entendrez parler de quelques-uns des pays que je vous ai nommés, ou de leurs capitales, vous ne soyez pas la bouche ouverte et le nez en l'air, comme de petits sots qui ne comprennent rien à ce qu'on dit.

Mais ceci ne suffit pas encore, et je veux que vous connaissiez votre pays plus particulièrement et plus en détail que les autres. Vous êtes les enfants de la France ; vous serez un jour des hommes, et il serait honteux pour vous de ne pas connaître cette patrie que vous devez aimer, qui vous a vus naître, qui vous protége, vous élève, et à laquelle vous devez toute votre reconnaissance et tout votre amour.

LA FRANCE.

C'est ce beau pays qui est représenté sur la quatrième carte, à la fin de mon petit livre.

S'il est un peuple qui doive rendre grâce à Dieu pour tous les bienfaits qu'il tient de sa bonté, c'est le peuple qui habite la France. Cette contrée, située dans une partie du globe où il ne fait ni trop chaud ni trop froid, est une des plus riches de la terre. Aucun sol ne produit en plus grande abondance le blé qui fait le pain, et la vigne dont on retire le vin; aucun ne se prête plus facilement à tous les genres de culture. Les communications sont faciles d'un bout à l'autre de notre pays, au moyen de la navigation sur les grands et beaux fleuves qui le traversent en tous sens. L'Océan et la mer Méditerranée, qui nous entourent en partie, voient s'élever sur nos côtes des ports magnifiques et commodes pour recevoir nos vaisseaux. Des campagnes riantes, un beau ciel, une capitale qui est aujourd'hui la plus belle ville du monde; un nombre prodigieux d'autres grandes villes, riches et industrieuses, tels sont les biens que nous possédons, et qui doivent nous attacher de tout notre cœur à notre pays, et en même temps au roi qui le gouverne pour veiller à la conservation de ces mêmes biens. Tous les étrangers qui viennent chez nous sont frappés d'admiration, et ils nous apprennent combien nous serions coupables de ne pas profiter de ces avantages qui excitent l'envie des autres peuples.

La religion de la majorité des Français est la religion Catholique-Romaine.

La France est gouvernée sous l'empire d'une loi fondamentale qu'on appelle *la Charte*, et à laquelle le roi lui-même est soumis. Les lois sont faites par le concours du roi et de deux *chambres* ou assemblées.

Toute l'étendue de la France est divisée en 86 départements, qui sont administrés chacun par un magistrat, qui a le titre de préfet. Ce magistrat réside dans une ville du département, qui en est le *chef-lieu*.

La France est entourée, au Nord, par les Pays-Bas ; à l'Est, par l'Allemagne, dont le fleuve du Rhin la sépare ; par la Suisse et par l'Italie, dont elle est séparée par une grande chaîne de montagnes qu'on appelle les *Alpes* ; au Sud, par la mer Méditerranée et par l'Espagne, dont une autre chaîne de montagnes, appelées les *Pyrénées*, la sépare ; enfin à l'Ouest par l'Océan.

Les principaux fleuves qui l'arrosent sont : la *Seine*, la *Loire* et la *Garonne*, qui se jettent dans l'Océan ; le *Rhône*, qui se jette dans la Méditerranée ; le *Rhin*, qui traverse les Pays-Bas et va se jeter aussi dans l'Océan.

Les rivières les plus remarquables sont les suivantes : la *Moselle*, qui va se jeter dans le Rhin, après avoir traversé les Pays-Bas; la *Marne* et l'*Oise*, qui se jettent dans la Seine; la *Sarthe*, la *Mayenne*, la *Vienne* et l'*Allier*, qui se jettent dans la Loire; la *Dordogne*, le *Lot* et le *Tarn*, qui se jettent dans la Garonne; la *Saône*, l'*Isère* et la *Durance*, qui se jettent dans le Rhône.

Les villes les plus importantes et les plus célèbres de France, sont celles-ci :

Paris, qui est la capitale et la résidence du Roi.

Lyon, chef-lieu du département du Rhône, bâtie au confluent du Rhône et de la Saône.

Marseille, chef-lieu du département des Bouches-du-Rhône, port de mer magnifique sur la Méditerranée.

Toulon, beau port de mer et arsenal de marine, sur la Méditerranée.

Montpellier, chef-lieu du département de l'Hérault.

Toulouse, chef-lieu du département de la Haute-Garonne.

Bordeaux, l'une des plus belles et des plus grandes villes du royaume, ayant un beau port près de l'embouchure de la Garonne; chef-lieu du département de la Gironde.

La Rochelle, port important, sur l'Océan.

Nantes, chef-lieu du département de la Loire-Inférieure, près de l'embouchure de ce fleuve.

Rennes, chef-lieu du département d'Ille-et-Vilaine.

Brest, l'un des ports de mer les plus importants, sur l'Océan.

Rouen, chef-lieu du département de la Seine-Inférieure, bâtie sur la Seine.

Amiens, chef-lieu du département de la Somme.

Versailles, chef-lieu du département de Seine-et-Oise.

Troyes, chef-lieu du département de l'Aube.

Dijon, chef-lieu du département de la Côte-d'Or.

Besançon, chef-lieu du département du Doubs.

Strasbourg, chef-lieu du département du Bas-Rhin.

Grenoble, chef-lieu du département de l'Isère.

Et beaucoup d'autres.

Vous trouverez, mes amis, à la fin de ce livre, la liste de tous les départements, avec le nom de leurs chefs-lieux; et je pense que ceux d'entre vous qui voudront s'amuser à les apprendre, feront très-bien et en seront contents après.

Toutes ces villes sont remarquables, les unes par la beauté des édifices qu'elles renferment; d'autres, par l'industrie de leurs habitants, et par le grand commerce qui s'y fait; d'autres enfin, par la richesse des campagnes dont elles sont entourées. Aucun pays n'en renferme un aussi grand nombre qui réunisse des avantages si multipliés. Vous devez être contents d'être Français, mes chers enfants, car notre nation est renommée par toute la terre.

Il me reste maintenant à vous faire connaître ce que sont les trois autres parties du monde.

———

L'ASIE.

L'Asie est la plus vaste des quatre parties du monde; mais elle est, en proportion de son étendue, moins peuplée que l'Europe. Elle paraît cependant avoir été habitée plus anciennement. Voici quels sont ses principaux États.

La Chine, dont la capitale est *Pékin*. Vous avez souvent entendu parler des Chinois; eh bien, c'est ce pays-là qu'ils habitent. On se moque d'eux, et on a tort; car c'est un peuple fort sage, qui ne fait jamais la guerre à personne, et qui vit tranquille dans le pays où le ciel l'a placé.

La Sibérie, vaste contrée qui appartient à la Russie, dont le gouvernement est en Europe. C'est un pays presque désert et très-froid.

La Tartarie, qui est aussi un pays presque désert.

Les Indes, où les Anglais ont de riches possessions.

La Perse, grand et bel État, gouverné par un monarque qui a le titre de *Cha*. La capitale où il réside se nomme *Téhéran*.

La Turquie d'Asie, qui dépend de la Turquie d'Europe.

Enfin l'Arabie, qui se compose presque tout entière de vastes déserts, et dont les villes remarquables sont *La Mecque* et *Médine*.

L'AFRIQUE.

Je ne vous dirai que peu de mots de l'Afrique. Vous voyez sur la mappemonde quelle est son étendue relativement aux autres parties du monde. La plus grande partie de cette vaste terre est tout à fait déserte. C'est là que naissent, sous un ciel brûlant, ces hommes noirs que l'on appelle *Nègres*. Les déserts de l'Afrique ne sont guère habités que par des lions, des tigres et d'autres animaux féroces.

La contrée la plus remarquable, dont vous avez sans doute plusieurs fois entendu prononcer le nom, est l'ÉGYPTE. Celle-ci est un fort beau pays, borné au nord par la mer Méditerranée, et traversé dans toute son étendue par un grand fleuve qu'on appelle *le Nil*. La ville principale est *le Caire*.

Sur les côtes de la Méditerranée, du côté de l'Espagne, se trouvent les États de *Tunis* et d'*Alger*. Ce dernier appartient à la France depuis que nos armes l'ont conquis sur les corsaires barbaresques qui le possédaient.

Dans la partie occidentale de l'Afrique, est un pays nommé *Sénégal*, qui appartient aussi à la France. C'est ce qu'on appelle une colonie.

L'AMÉRIQUE.

L'Amérique a été longtemps inconnue. C'est à Christophe Colomb, marin génois, que l'on doit la découverte de cette quatrième partie du monde, que l'on a appelée aussi le Nouveau-Monde.

Lorsque l'on pénétra dans ces contrées nouvelles pour les Européens, on les trouva habitées par des peuples sauvages, qui n'avaient aucune idée de nos lois, de notre civilisation et de nos usages. — Les Européens s'y établirent dans plusieurs endroits et y formèrent des colonies. C'est ainsi que l'Amérique s'est peuplée, et est devenue civilisée.

Ses principales contrées sont aujourd'hui :

1° Les États-Unis, qui forment une République puissante. Leurs villes principales sont *New-York*, *Philadelphie*, *Washington* et *Boston*.

2° Le Mexique, colonie de l'Espagne, dont la capitale est *Mexico*.

3° Le Brésil, vaste pays gouverné par un empereur qui y réside dans la ville de *Rio-Janeiro*, sa capitale.

4° Le Perou, dont la capitale est *Lima*. Cette contrée est la plus riche du monde en mines d'or et d'argent. Elle est traversée par une longue chaîne de montagnes appelées les *Cordil lères*.

5° Le PARAGUAY, où se trouve la République de *Buenos-Ayres*, qui s'est rendue indépendante de l'Europe.

La France possède en Amérique deux îles, la *Martinique* et la *Guadeloupe*, qui produisent en grande abondance le sucre et le café.

L'Amérique est traversée par des fleuves immenses, dont les plus remarquables portent les noms de *Mississipi*, *Orénoque*, *fleuve des Amazones*, *Rio de la Plata*, etc.

LISTE

DES 86 DÉPARTEMENTS DE LA FRANCE AVEC LES NOMS DE LEURS CHEFS-LIEUX.

AU NORD.

DÉPARTEMENTS.	CHEFS-LIEUX.
du NORD	Lille.
du PAS-DE-CALAIS.	Arras.
de LA SOMME.	Amiens.
de LA SEINE-INFÉRIEURE	Rouen.
du CALVADOS.	Caen.
de LA MANCHE.	Saint-Lô.
de L'ORNE.	Alençon.
de L'EURE.	Évreux.
d'EURE-ET-LOIR.	Chartres.
de SEINE-ET-OISE.	Versailles.
de LA SEINE.	Paris.
de L'OISE.	Beauvais.

DÉPARTEMENTS.	CHEFS-LIEUX.
de l'Aisne.	*Laon.*
de Seine-et-Marne. . . .	*Melun.*
de la Marne.	*Châlons.*
des Ardennes.	*Mézières.*
de la Meuse.	*Bar-sur-Ornain*
de la Moselle.	*Metz.*

A L'EST.

de l'Aube.	*Troyes.*
de la Haute-Marne. . .	*Chaumont.*
de la Meurthe.	*Nancy.*
des Vosges.	*Épinal.*
du Haut-Rhin.	*Colmar.*
du Bas-Rhin.	*Strasbourg.*
de la Haute-Saône. . .	*Vesoul.*
du Doubs.	*Besançon.*
du Jura.	*Lons-le-Saulnier.*
de l'Ain.	*Bourg.*
de l'Isère.	*Grenoble.*

DÉPARTEMENTS.	CHEFS-LIEUX.
du RHÔNE.	*Lyon.*
de la LOIRE.	*Montbrison.*
de SAÔNE-ET-LOIRE.	*Mâcon.*
de la CÔTE-D'OR.	*Dijon.*

AU CENTRE.

DÉPARTEMENTS.	CHEFS-LIEUX.
de l'YONNE.	*Auxerre.*
de la NIÈVRE.	*Nevers.*
de l'ALLIER.	*Moulins.*
du PUY-DE-DÔME.	*Clermont.*
de la CREUSE.	*Guéret.*
de la HAUTE-VIENNE.	*Limoges.*
de l'INDRE.	*Châteauroux.*
d'INDRE-ET-LOIRE.	*Tours.*
du CHER.	*Bourges.*
du LOIRET.	*Orléans.*
de LOIR-ET-CHER.	*Blois.*

A L'OUEST.

DÉPARTEMENTS.	CHEFS-LIEUX.
de la Sarthe.	*Le Mans.*
de la Mayenne.	*Laval.*
d'Ille-et-Vilaine.	*Rennes.*
des Côtes-du-Nord.	*Saint-Brieuc.*
du Finistère.	*Quimper.*
du Morbihan.	*Vannes.*
de la Loire-Inférieure.	*Nantes.*
de Maine-et-Loire.	*Angers.*
de la Vendée.	*Bourbon-Vendée.*
des Deux-Sèvres.	*Niort.*
de la Vienne.	*Poitiers.*
de la Charente.	*Angoulême.*
de la Charente-Infére.	*La Rochelle.*

AU MIDI.

de la Gironde.	*Bordeaux.*
de la Dordogne.	*Périgueux.*

DÉPARTEMENTS.	CHEFS-LIEUX.
de LA CORRÈZE	*Tulle.*
du CANTAL	*Aurillac.*
de la HAUTE-LOIRE	*Le Puy.*
de L'ARDÈCHE	*Privas.*
de LA DRÔME	*Valence.*
des HAUTES-ALPES	*Gap.*
des BASSES-ALPES	*Digne.*
du VAR	*Draguignan.*
des BOUCHES-DU-RHÔNE	*Marseille.*
de VAUCLUSE	*Avignon.*
du GARD	*Nîmes.*
de LA LOZÈRE	*Mende.*
de L'AVEYRON	*Rhodez.*
de L'HÉRAULT	*Montpellier.*
du TARN	*Albi.*
de TARN-ET-GARONNE	*Montauban.*
du LOT	*Cahors.*
de LOT-ET-GARONNE	*Agen.*
des LANDES	*Mont-de-Marsan.*
des BASSES-PYRÉNÉES	*Pau.*
des HAUTES-PYRÉNÉES	*Tarbes.*

DÉPARTEMENTS.	CHEFS-LIEUX.
du GERS.	*Auch.*
de LA HAUTE-GARONNE.	*Toulouse.*
de L'ARIÉGE.	*Foix.*
de L'AUDE.	*Carcassonne.*
des PYRÉNÉES-ORIENTALES.	*Perpignan.*

CORSE.

de LA CORSE, île de la Méditerranée.	*Ajaccio.*

FIN DU TROISIÈME LIVRE.

PARIS. — IMPRIMERIE DE FAIN ET THUNOT,
IMPRIMEURS DE L'UNIVERSITÉ ROYALE DE FRANCE,
Rue Racine, 28, près de l'Odéon.